LOS FISIOTERAPEUTAS

LAS PERSONAS QUE CUIDAN NUESTRA SALUD

Robert James

Versión en español de Aída E. Marcuse

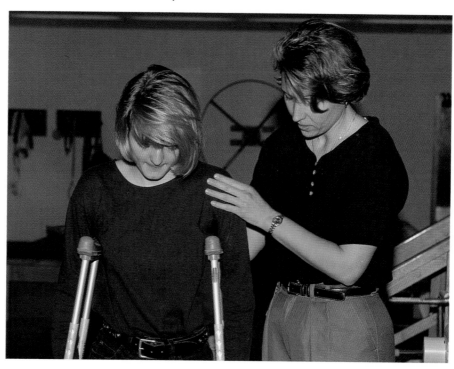

The Rourke Book Co., Inc.
Vero Beach, Florida 32964

FOTOGRAFÍAS:
Todas las fotografías pertenecen a ©Kyle Carter, excepto la de la
página 10, © Frank Sileman/Rainbow

RECONOCIMIENTO ESPECIAL:
El autor agradece a Sports Med, Carol Stream, IL., y el
Departamento de Fisioterapia del Mercy Center, Aurora, IL., por su
colaboración en la publicación de este libro.

Catalogado en la Biblioteca del Congreso bajo:

James, Robert, 1942-
   [Los fisioterapeutas. Español]
   Los fisioterapeutas / por Robert James; versión en español de
Aída E. Marcuse.
      p. cm. — (Las personas que cuidan nuestra salud)
   Incluye índices.
   Resumen: Describe qué hacen los fisioterapeutas, dónde traba-
jan y cómo se entrenan y preparan para realizar sus tareas.
   ISBN 1-55916-178-7
   1. Fisioterapia—Orientación vocacional—Literatura juvenil.
[1. Fisioterapia. 2. Ocupaciones. 3. Orientación vocacional.]
I. Título II. Series: James, Robert, 1942-   Las personas que
cuidan nuestra salud
RM705.J3518   1995
615.8'2'.023—dc20   95–30427
                                                CIP
                                                AC

Impreso en Estados Unidos de América

ÍNDICE

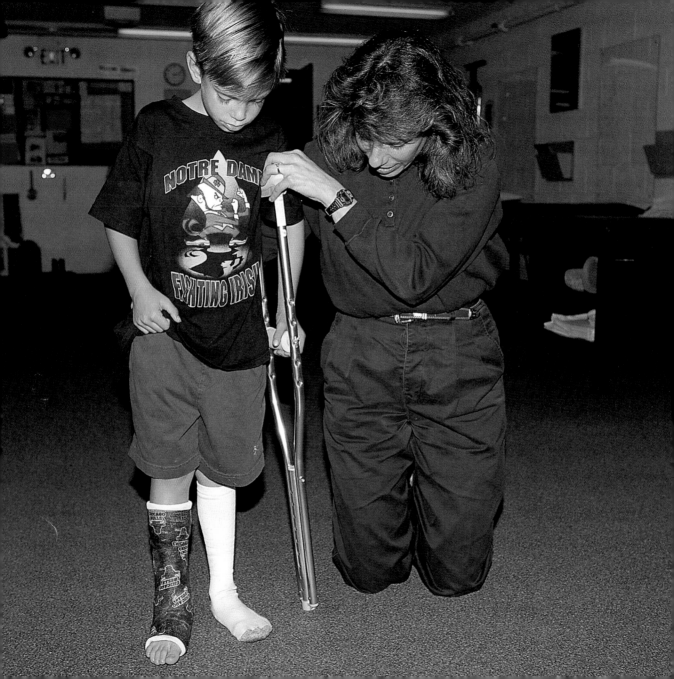

LOS FISIOTERAPEUTAS

Los fisioterapeutas son personas altamente entrenadas que ejercen la profesión de **fisioterapia**.

La fisioterapia es uno de los tratamientos curativos que se aplican al cuerpo. Para curar a los **pacientes**, utiliza medios físicos como el frío, el calor y ejercicios especiales.

Se llama pacientes a las personas que tratan los fisioterapeutas. Generalmente acuden a él cuando padecen enfermedades de un tipo especial, o cuando se lesionan.

Los fisioterapeutas a menudo les ayudan a curar, sentirse mejor, fortalecer y recuperar el uso de alguna parte del cuerpo.

Un fisioterapeuta le enseña a un niño   5
cómo usar las muletas

¿QUÉ HACEN LOS FISIOTERAPEUTAS?

Los fisioterapeutas tratan personas de todas las edades, que padecen distintos problemas físicos: algunos sienten dolores, como los que causan enfermedades como la artritis, el cáncer o la distrofia muscular.

Además, se ocupan de personas que han sufrido daños en la espalda, los brazos o las piernas. Muchos de estos pacientes son atletas.

También tratan a quienes tienen que recuperar fuerzas después de una operación quirúrgica. Y a veces trabajan con personas saludables que desean aumentar su capacidad física.

Un fisioterapeuta ata el pie de un paciente a una máquina de hacer ejercicios

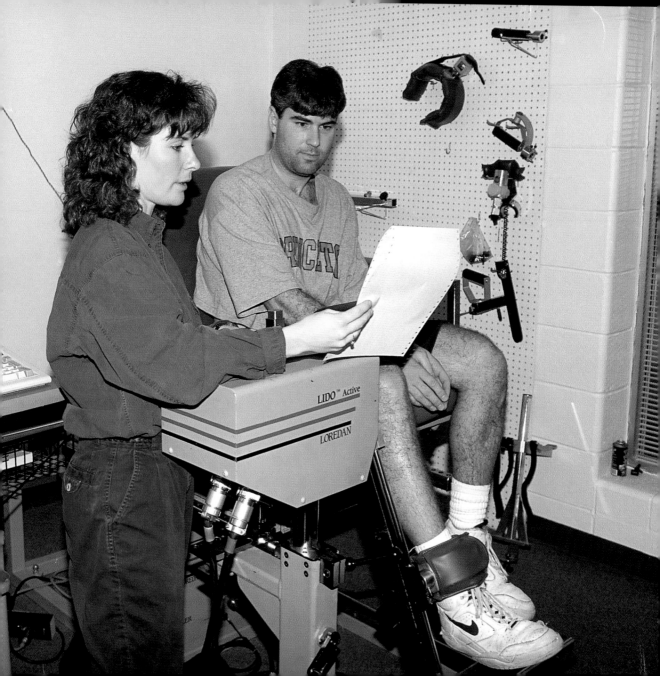

¿QUÉ ANDA MAL?

Un fisioterapeuta no puede ayudar al paciente hasta que descubre qué problema tiene. Muchos de esos problemas ya han sido determinados por los médicos. Pero el fisioterapeuta le cuenta en detalle al paciente qué tiene y lo somete a algunos exámenes sencillos.

El fisioterapeuta, por ejemplo, verifica la fuerza y la capacidad de movimiento de un brazo o de una pierna que han sufrido daños.

Un fisioterapeuta discute con su paciente los resultados de los exámenes que le hizo esta máquina, que también se utiliza para fortalecer los músculos

LOS PACIENTES CON CASOS DIFÍCILES

Los pacientes que sufren de **parálisis** presentan desafíos especialmente difíciles para el fisioterapeuta. la parálisis causa pérdida de la sensación, en los brazos o las piernas, y la capacidad de moverlos. Los **infartos** y otras enfermedades y heridas pueden causar parálisis.

Los fisioterapeutas ayudan a esos pacientes a recuperar el uso de las extremidades.

Y, cuando han perdido los propios, les enseñan cómo usar los brazos y piernas **artificiales**.

Un fisioterapeuta ayuda a la víctima de un infarto a aprender a caminar nuevamente

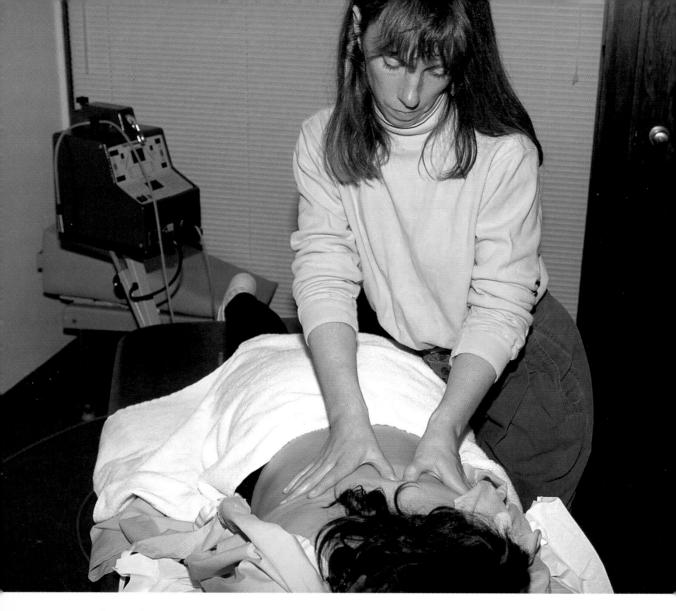

Para algunos pacientes, el masaje es una parte importante de la fisioterapia

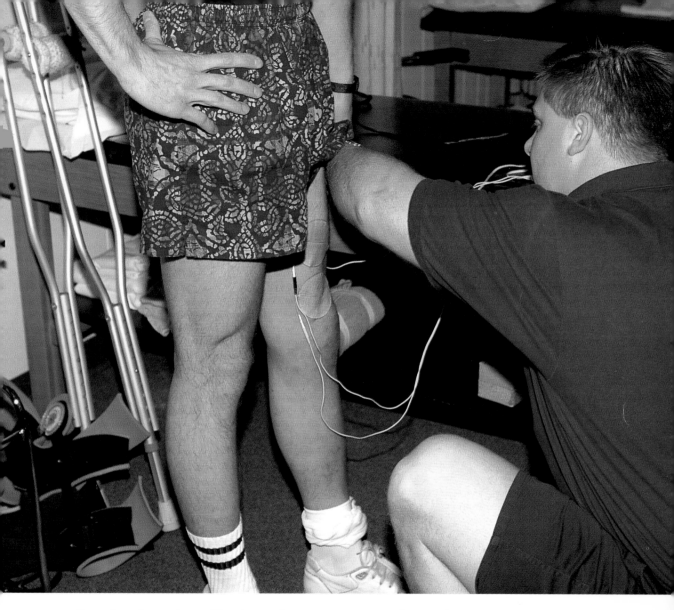

Para fortalecer la rodilla después de una operación quirúrgica, un fisioterapeuta le conecta al paciente un estimulador muscular eléctrico

EJERCICIOS ADECUADOS

Un fisioterapeuta, mediante ejercicios cuidadosamente controlados, puede ayudar a muchos pacientes. Los ejercicios fortifican los músculos y mejoran la capacidad de movimiento del paciente. Además, le mejoran el sentido del equilibrio.

Los ejercicios pueden ser realizados por el paciente mismo, o con la ayuda del fisioterapeuta. Éste puede ayudarle a estirar un brazo o una pierna, hasta hacerle alcanzar un nuevo límite.

Estos caños de estiramiento se utilizan para fortalecer varios grupos de músculos

LOS TRATAMIENTOS DE FISIOTERAPIA

Los fisioterapeutas utilizan varios medios, además de los ejercicios, para tratar a sus pacientes. Uno es hacerles tomar baños de agua caliente en piscinas de hidromasaje. Las corrientes giratorias de esas piscinas relajan las articulaciones doloridas.

Los fisioterapeutas utilizan tratamientos alternos, de calor y frío, con algunos pacientes. Las compresas frías sirven para reducir la inflamación, y las compresas calientes, para atenuar el dolor.

El **masaje** es otro tipo de fisioterapia. El fisioterapeuta masajea los distintos grupos de músculos, es decir, los frota, los estira o los aprieta. El masaje permite aflojar los músculos contraídos.

El tobillo de este paciente recibe fisioterapia en una piscina de hidromasaje

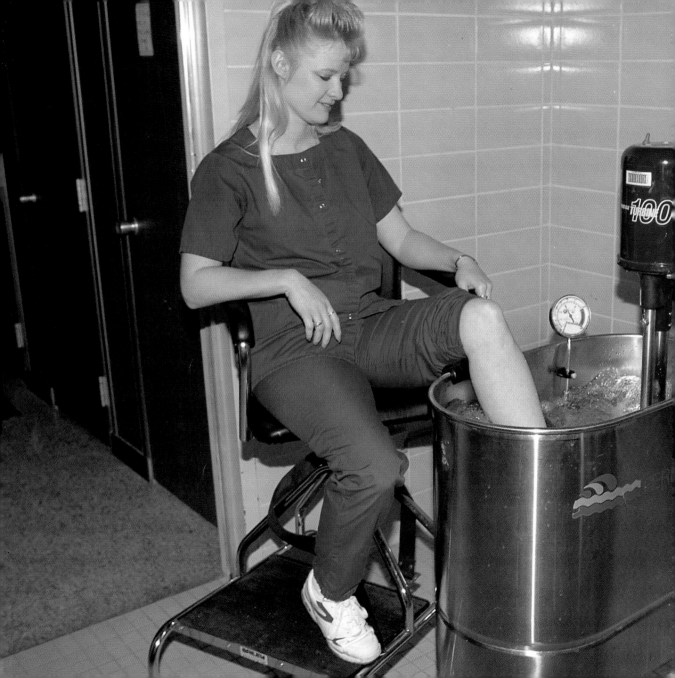

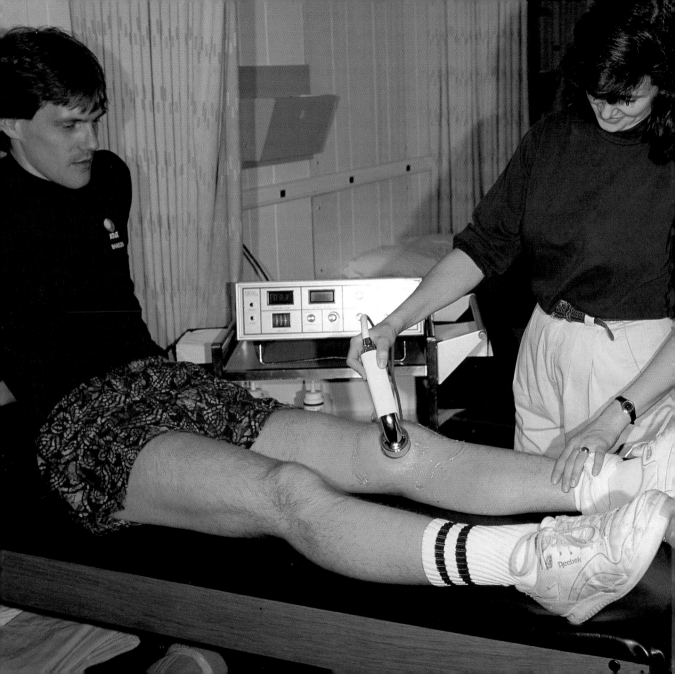

¿DÓNDE TRABAJAN LOS FISIOTERAPEUTAS?

Los fisioterapeutas trabajan donde encuentran el espacio y los equipos que necesitan para tratar a sus pacientes. Muchos lo hacen en hospitales o clínicas que han dispuesto grandes áreas para las prácticas fisioterapéuticas.

Algunos realizan visitas a domicilio, o van a escuelas, cuartos de hospitales y dispensarios médicos. Otros tienen su propia **clientela**.

El fisioterapeuta aplica el extremo de un aparato de ultrasonido a la rodilla de un paciente para acelerar su curación

LOS AYUDANTES DE LOS FISIOTERAPEUTAS

Los fisioterapeutas y otros **profesionales** de la salud trabajan en equipo para ayudar a los pacientes a volver a su actividad normal.

Un médico, por ejemplo, a menudo envía pacientes al fisioterapeuta. El médico es quien decide qué anda mal en el cuerpo del paciente, y si el tratamiento de fisioterapia puede ayudarle a recuperarse.

Otros profesionales de la salud preparan a los pacientes para que regresen a la vida diaria, por ejemplo, reenseñándoles cosas básicas, como bañarse o hablar.

Los estudiantes de fisioterapia estudian los músculos y los huesos del cuerpo humano

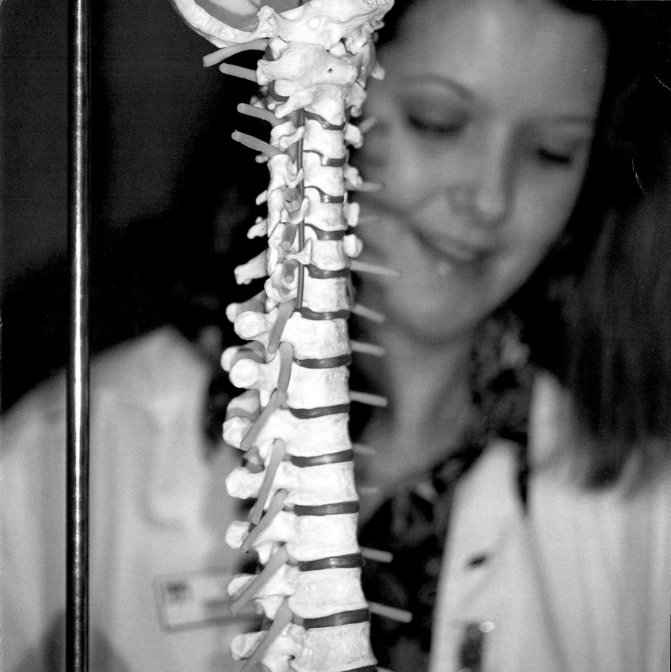

CÓMO SE LLEGA A SER FISIOTERAPEUTA

Los fisioterapeutas necesitan cuatro años de estudios universitarios para obtener los múltiples conocimientos que necesitan en su profesión. Un fisioterapeuta debe tener por lo menos un diploma de fisioterapia para ejercer como tal. Pero aún después de haberse graduado, muchos de ellos siguen estudiando.

Y antes de ejercer la profesión, todos los fisioterapeutas de Estados Unidos deben aprobar un examen.

Glosario

artificial (ar-ti-fi-cial) — algo hecho por el hombre, pero parecido en forma y uso al producto natural

clientela (clien-te-la) — los pacientes propios de un profesional

infarto (in-far-to) — ruptura súbita de un vaso sanguíneo en el cerebro, que suele causar parálisis parcial

masaje (ma-sa-je) — tratamiento de salud que consiste en frotar los músculos con las manos

pacientes (pa-cien-tes) — personas que son tratadas por un fisioterapeuta u otro profesional de la salud

parálisis (pa-rá-li-sis) — pérdida de la movilidad

profesional (pro-fe-sio-nal) — persona altamente entrenada y calificada, que recibe sueldo por su trabajo

terapia (te-ra-pia) — tratamiento de un problema de salud

ÍNDICE ALFABÉTICO